PLANTU

ÇA MANQUE DE FEMMES!

La Découverte / Le Monde

DU MÊME AUTEUR

PAUVRES CHÉRIS (Editions du Centurion) 1978.
LA DÉMOCRATIE ? PARLONS-EN ! (Editions Alain Moreau) 1979.
LES COURS DU CAOUTCHOUC SONT TROP ÉLASTIQUES (Editions La Découverte) 1982.
C'EST LE GOULAG ! (Editions La Découverte-le Monde) 1983.
POLITIC LOOK (album de B.D., Editions du Centurion) 1984.
PAS NETTE, LA PLANÈTE (Editions La Découverte-le Monde) 1984.
BONNE ANNÉE POUR TOUS ! (Editions La Découverte-le Monde) 1985.

Editeur : **FRANÇOIS LUQUET.**
Conseiller technique : **CHRISTIAN MASSOL.**
Les dates, titres et citations
ont été établis à partir de la documentation du *Monde*.
Composition et montage : imprimerie du *Monde*.

Si vous désirez être tenu régulièrement au courant de nos parutions, il vous suffit d'envoyer vos nom et adresse aux Editions La Découverte, 1, place Paul-Painlevé, 75005 Paris. Vous recevrez gratuitement notre bulletin trimestriel A la découverte.

ISBN : 2-7071-1653-X

L'assassinat de Mme Gandhi

● Le premier ministre indien a été tué par deux sikhs membres de son service de sécurité
● L'armée a été mise en état d'alerte

La mort de Mme Gandhi – assassinée aux premières heures de la matinée, ce mercredi 31 octobre, par deux sikhs membres de son service de sécurité – a provoqué une émotion considérable en Inde et dans le monde.

Le gouvernement indien s'est aussitôt réuni pour désigner un successeur au premier ministre. Celui-ci devrait être choisi parmi les membres du gouvernement, à titre intérimaire, en attendant que le Parti du Congrès au pouvoir se désigne un nouveau chef. Le nom du fils du premier ministre défunt, Rajiv Gandhi, est avancé pour ce poste par certains observateurs. Dans l'Inde entière, tous les dirigeants politiques et les responsables provinciaux condamnent l'attentat. A New-Delhi, les commerçants ont fermé leurs magasins et les fonctionnaires ont interrompu leur travail. L'armée indienne a été mise en état d'alerte et des forces de sécurité ont été déployées à proximité des temples sikhs de la capitale.

INDE
Novembre 1984

New-Delhi : ferveur et folie meurtrière

La dépouille mortelle d'Indira Gandhi a été incinérée samedi dans la capitale indienne, où les violences ont provoqué la mort de plusieurs centaines de personnes

Décembre 1984 : nouvelles élections.

ÉTATS-UNIS ET AMÉRIQUE LATINE
Novembre 1984

Le premier débat télévisé de la campagne électorale américaine entre M. Reagan et M. Mondale.

LA RÉÉLECTION DE M. REAGAN

Etat d'alerte au Nicaragua

Novembre 1984

ÉTATS-UNIS
Décembre 1984

Etats-Unis

Descente aux enfers du Middle-West

Touchées par la crise économique, dix-sept mille fermes du Middle-West sont menacées de faillite.

Vive polémique entre M. M'Bow et l'ambassadeur américain à l'UNESCO

A la suite du retrait des Etats-Unis de l'UNESCO, effectif ce lundi 31 décembre, une vive polémique a opposé M. M'Bow, directeur général, à Mme Jean Gérard, ambassadeur des Etats-Unis auprès de l'Organisation internationale.

Invité d'Antenne 2 au journal télévisé du samedi 29 décembre, M. M'Bow avait dit à propos des accusations de « *gaspillage* » lancées par Mme Gérard à la direction de l'UNESCO : « *C'est absolument faux. Mme Gérard ignore totalement ce qui se passe à l'UNESCO. Elle est politicienne, elle fait de la politique.* » Le directeur général avait précisé que « *ni le gouvernement des Etats-Unis ni le gouvernement d'aucun Etat membre* » ne l'avait « *mis en cause en ce qui concerne la gestion de l'Organisation* ».

S'estimant visée « *personnellement* » par le directeur général de l'UNESCO, Mme Gérard déclare, dans un communiqué publié dimanche 30 décembre, que « *les Etats-Unis refusent effectivement de supporter la gestion budgétivore d'une agence spécialisée dont la raison d'être n'est pas d'entretenir ses propres services* ». L'ambassadeur des Etats-Unis ajoute que « *la dérive politicienne des services de l'UNESCO est illustrée par les déclarations mêmes de M. M'Bow* », et conclut : « *En manquant ainsi au devoir de réserve et d'impartialité que prescrit le statut du secrétariat de l'UNESCO, son directeur général justifie, s'il en était besoin, le retrait des Etats-Unis.* »

ÉTHIOPIE / ISRAËL
Janvier 1985

Le « retour » en Israël des falachas

ÉTHIOPIE / ISRAËL
Janvier 1985

3 janvier 1985 : Israël organise le « retour à la terre promise » de 7 000 falachas éthiopiens.

PARIS-DAKAR
Janvier 1985

LE RALLYE PARIS-DAKAR

Vedettes sur le sable

Le Rallye Paris-Alger Dakar (14 000 kilomètres), qui a la réputation d'être une épreuve impitoyable, a tenu jusqu'ici toutes ses promesses. Le convoi composé de cent cinquante motocyclettes, de trois cent cinquante automobiles et de cinquante camions, qui a pris le départ le 1er janvier, place d'Armes à Versailles, a perdu à mi-parcours près des deux tiers de ses participants. Ils restent moins de deux cents – cinquante-quatre motos et cent trente-huit autos et camions – à affronter la piste qui doit les conduire, le 22 janvier, à Dakar.

ONU
6 février 1985

L'ANCIEN CHEF D'ÉTAT DU BANGLADESH PRÉSIDE LA COMMISSION DES DROITS DE L'HOMME DE L'ONU

GRANDE-BRETAGNE
Mars 1985

L'échec des mineurs britanniques

La reprise du travail scelle la victoire de Mme Thatcher sur le mouvement syndical

5 mars 1985 : les mineurs britanniques reprennent le travail après un an de grève, bien qu'aucune de leurs revendications n'ait été satisfaite.

« Je souhaite aux femmes de ressembler à Mme Thatcher qui gouverne son pays comme un homme, tout en étant une femme. »

RAYMOND BARRE, devant l'association féminine Dialogue des villes de France **(7 octobre 1984.)**

Coup de semonce à l'Argentine

Le FMI suspend son aide pour pousser Buenos-Aires à appliquer son programme de rigueur économique

LE PEN
Mars 1985

Le cardinal Lustiger a reçu M. Le Pen

Le cardinal Lustiger, archevêque de Paris, a reçu, mercredi 27 mars, M. Jean-Marie Le Pen, président du Front national, à sa résidence de la rue Barbet-de-Jouy (7e arrondissement).

Dimanche 24 mars, l'archevêque de Paris avait déclaré, au cours de l'émission « Midi-Presse » sur TF 1 : « *Je reçois tout le monde, un criminel, un innocent, un pécheur ou un saint ; pour moi, c'est pareil. Je suis prêtre ; c'est mon droit ; c'est mon devoir.* »

LE PEN
Mars 1985

URSS
6 février 1985

Union soviétique

Le directeur de la « Pravda » confirme

Constantin Tchernenko *« est malade »,* a déclaré le directeur de la *Pravda,* M. Viktor Afanassiev, à la télévision italienne, donnant ainsi la première confirmation officielle explicite de la maladie du numéro un soviétique.

« Je peux dire que le camarade Tchernenko est malade. Je ne puis dire quelle est la gravité de son mal, car je ne suis pas médecin. Mais je sais que, malgré sa maladie, il continue à guider le parti et l'Etat », affirme M. Afanassiev dans un entretien accordé à la première chaîne de la radio-télévision italienne et diffusé mercredi 6 février.

Dans cette émission, intitulée « Linea diretta », M. Afanassiev exprime le vœu que *« cette période ne soit pas trop longue ».* – *(AFP.)*

M. Gorbatchev élu à la tête du PC après la mort de M. Tchernenko

M. Gorbatchev est élu à l'âge de cinquante-quatre ans.

EUROPE
Mars 1985

EUROPE
29 mars 1985

L'Europe à douze

L'accord sur l'adhésion de l'Espagne et du Portugal ouvre la voie à la relance politique de la Communauté

JEAN-PAUL II
16 mai 1985

Aux Pays-Bas, malgré la contestation Jean-Paul II n'a pas transigé

JEAN-PAUL II
16 mai 1985

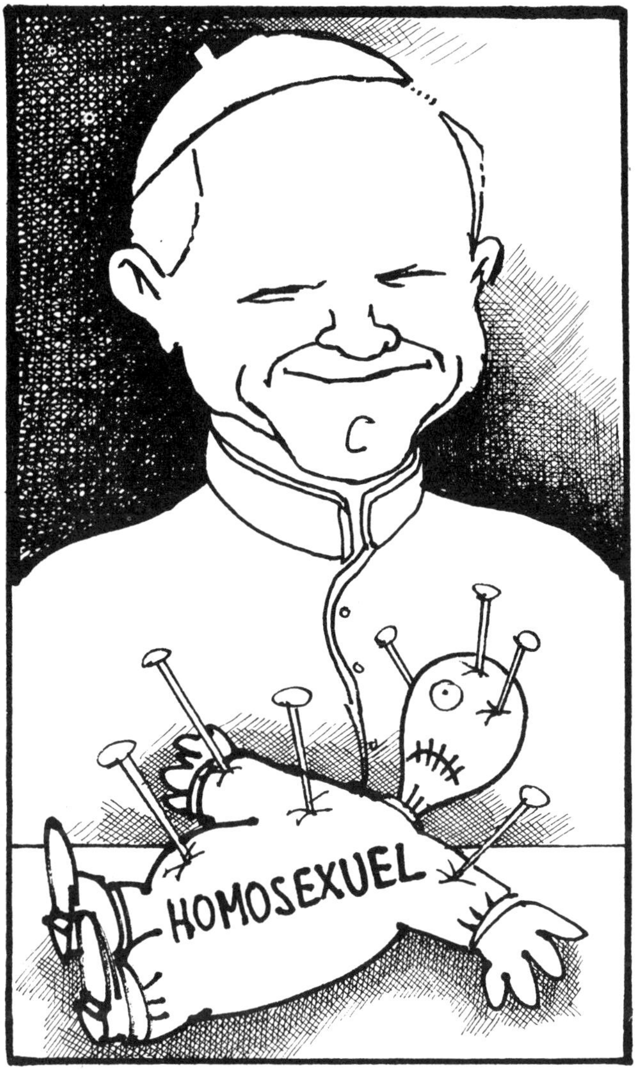

Pendant que Jean-Paul II s'adresse à la Cour internationale de justice de La Haye, de nombreux contestataires brandissent des panneaux sur lesquels on peut lire : *« Si le pape était enceinte, l'avortement serait un sacrement ! »*

HEYSEL
29 mai 1985

LA TRAGÉDIE DE LA COUPE D'EUROPE

Sur le Heysel dévasté

Trente-huit morts – dont vingt-six Italiens – et cent quarante blessés : la trentième finale de la Coupe d'Europe des clubs champions opposant le Football Club de Liverpool à la Juventus de Turin, le mercredi 29 mai au stade du Heysel, à Bruxelles, s'est transformée en tragédie. Avant le match, des « hooligans » britanniques avaient « attaqué » des supporters italiens.

Une exclusion des clubs de football britanniques des compétitions européennes, pour une ou plusieurs saisons, n'est pas à écarter.

URSS : haro sur les croyants

Il est souhaitable de diriger vers une section psychiatrique les deux tiers des activistes catholiques

recommande une résolution du parti en Ukraine

TERRORISME
Juin 1985

Epreuve de force à Beyrouth

Washington tente d'obtenir des chiites la libération des otages du Boeing

14 juin 1985 : un Boeing 727 est détourné vers Beyrouth par deux pirates de l'air. Un passager américain est assassiné.

30 juin 1985 : après la libération de trente-neuf otages américains, Nabih Berri, chef du mouvement chiite Amal, se félicite de cet « épilogue heureux ».

RDA / RFA
8 juin 1985

UN ENTRETIEN AVEC M. HONECKER

Deux Etats allemands sont nécessaires à la stabilité de l'Europe

M. HERNU ET LA DÉFENSE EUROPÉENNE

Paris et Bonn ont en commun des « intérêts de sécurité »

AFRIQUE DU SUD
21 juillet 1985

L'INSTAURATION DE L'ÉTAT D'URGENCE EN RÉPUBLIQUE SUD-AFRICAINE

L'agitation persiste

21 juillet 1985 : l'état d'urgence est décrété dans trente-six districts de la région de Johannesburg et de Port-Elisabeth, où, depuis 1984, des affrontements ont provoqué la mort de cinq cents personnes.

LES SANCTIONS FRANÇAISES CONTRE LA RÉPUBLIQUE SUD-AFRICAINE

24 juillet 1985 : Laurent Fabius annonce le rappel de l'ambassadeur de France et la suspension de tout nouvel investissement en Afrique du Sud.

ÇA MANQUE DE FEMMES
25 juillet 1985

A LA CONFÉRENCE DE NAIROBI

Des actions pour l'an 2000 en faveur des femmes

ÇA MANQUE DE FEMMES

(Ça se confirme !)

LA FRONDE DES MILITANTES DU PS

« Nous refusons d'être des femmes-alibis »

31 juillet 1985 : la permanence du collectif Agora du Parti socialiste dénonce « le nombre dérisoire de femmes éligibles (moins de 10 %), prévu sur les listes du PS pour 1986 ».

« Nous sommes traitées comme des paillassons. »

YVETTE ROUDY (10 octobre 1985.)

GREENPEACE
Juillet 1985

L'ATTENTAT CONTRE LE BATEAU DES ÉCOLOGISTES

Qui en veut à Greenpeace ?

L'attentat à la bombe qui a coulé le navire *Rainbow-Warrior* dans le port néo-zélandais d'Auckland et tué un photographe du mouvement international Greenpeace a suscité une large émotion à travers le monde. Le premier ministre néo-zélandais, M. David Lange, a estimé que cet attentat était *« un acte criminel majeur à caractère politique ou terroriste »*. A Londres, une centaine de députés travaillistes ont signé une motion de soutien à Greenpeace, félicitant ses militants pour leur action contre les essais nucléaires. En France, le ministre de l'environnement, Mme Huguette Bouchardeau, a exprimé *« toute sa sympathie à l'équipage du* Rainbow-Warrior ». Les mouvements écologistes des Verts et des Amis de la Terre, *« scandalisés par le recours à l'attentat contre une association qui a toujours mené pacifiquement ses luttes »*, ont affirmé leur solidarité avec leurs camarades de Greenpeace.

LE SABOTAGE DU BATEAU DE GREENPEACE

Le rapport de M. Bernard Tricot dégage la responsabilité des services secrets français

GREENPEACE
21 septembre 1985

Le Monde

ÉE – N° 12642 **4,50 F** Fondateur : Hubert Beuve-Méry Directeur : André Fontaine – SA

M. Laurent Fabius demande la démission de M. Charles Hernu

Le premier ministre, M. Laurent Fabius, devait, vendredi 20 septembre, conformément aux instructions que lui a adressées M. Mitterrand, *« procéder sans délai aux changements de personnes et, le cas échéant, de structures »* exigées, au sein des services secrets français, par le chef de l'Etat. A cet effet, il a rédigé vendredi matin une lettre à M. Hernu dans laquelle il demande au ministre de la défense de lui remettre sa démission.

« Cela ne peut plus durer », avait dit le président de la République à son premier ministre, jeudi matin. *« Cela »*, c'est-à-dire l'information des plus hautes autorités de l'Etat par les seules enquêtes de la presse sur les conditions d'exécution de l'attentat commis le 10 juillet dernier contre le *Rainbow-Warrior*. *« Cette situation ne peut plus durer »*, répète M. Mitterrand dans la lettre qu'il a rédigée à l'intention de M. Fabius, et qui a été rendue publique jeudi en début de soirée.

Cette lettre, dont M. Charles Hernu a pris connaissance au même moment que le commun des Français, n'est pas plus tendre pour le premier ministre que pour le ministre de la défense. Il en ressort que le chef de l'Etat fait passer par profits et pertes le rapport Tricot commandé par le premier ministre et qu'il est fort mécontent de n'avoir rien appris des enquêtes complémentaires commandées par M. Fabius.

On retiendra de l'initiative prise par M. Mitterrand que le président de la République prend acte, pour s'en indigner, d'un mauvais fonctionnement des rouages de l'Etat. Comment admettre, en effet, que deux mois après l'attentat d'Auckland, le président de la République, selon sa lettre, ne dispose pas des *« informations nécessaires »* de la part des *« services compétents »*, qu'il doive se contenter d'un rapport Tricot aujourd'hui caduc et... de la lecture des journaux ?

LIRE PAGES 8 ET 9

- **La lettre de M. Mitterrand à M. Fabius : un coup de semonce au premier ministre.**
- **Innocence, par Philippe Boucher.**
- **L'Etat français peut sauver les « Turenge », par Neuville Maryan Green.**
- **Les erreurs de M. Hernu, par Bertrand Le Gendre et Edwy Plenel.**

GREENPEACE
27 septembre 1985

Pour l'Elysée, l'affaire Greenpeace est close

UN SONDAGE IPSOS-« LE MONDE »-« LE MONDE DE L'ÉDUCATION »

Les enseignants face à M. Chevènement : « oui » aux réformes ; « oui... mais » au ministre

LE TREMBLEMENT DE TERRE AU MEXIQUE

Répliques de la peur

Quatre jours après le très violent séisme de magnitude 8,2 qui a ravagé Mexico, le 19 septembre, il est encore impossible d'avoir une idée exacte du nombre des victimes : 1 300 morts selon le ministère de la justice, plus de 2 000 morts pour le ministère de l'intérieur, 4 000 à 6 000 morts pour les journaux mexicains, 10 000 selon l'ambassade des Etats-Unis. Quant aux blessés et disparus, les estimations, partielles, varient de 5 000 à 20 000 personnes.

Comme toujours après un violent séisme, la terre continue à trembler, et elle s'agitera ainsi pendant des mois. Dans l'ensemble, toutes ces « répliques » sont faibles, à l'exception d'une qui s'est produite le 20 septembre en début de soirée et qui atteint la magnitude de 7,8.

De toutes parts arrivent des équipes et du matériel de secours, ainsi que de l'argent, qui fait actuellement défaut. Et d'autant plus que le séisme va forcer au chômage de nombreuses personnes qui avaient un emploi dans tous les secteurs d'activité.

FRANCE/URSS
2 au 4 octobre 1985

LA VISITE DE M. GORBATCHEV A PARIS

La « guerre des étoiles » domine le sommet franco-soviétique

FRANCE / URSS
2 au 4 octobre 1985

L'OFFRE DE NÉGOCIATIONS SUR LA FORCE DE DISSUASION

M. Mitterrand accueille avec prudence les propositions de M. Gorbatchev

TERRORISME
8 octobre 1985

PRÈS DE CINQ CENTS OTAGES AU LARGE D'ALEXANDRIE

Un mouvement palestinien revendique le détournement du paquebot italien

La confusion régnait mardi 8 octobre en fin de matinée à propos de la position exacte du paquebot italien « Achille-Lauro » détourné le 7 octobre par un commando palestinien au large des côtes égyptiennes, entre Alexandrie et Port-Saïd. Selon une radio espagnole, le bateau, avec près de cinq cents personnes à bord, se dirigerait vers Beyrouth, mais, de source égyptienne, on indiquait que les contacts radio étaient rompus avec l'« Achille-Lauro ». Le bâtiment a été détourné peu après son départ d'Alexandrie. L'opération a été revendiquée par une organisation, le Front de libération palestinien, qui exige la libération d'une cinquantaine de Palestiniens emprisonnés en Israël. L'OLP a, pour sa part, démenti toute participation à cette action.

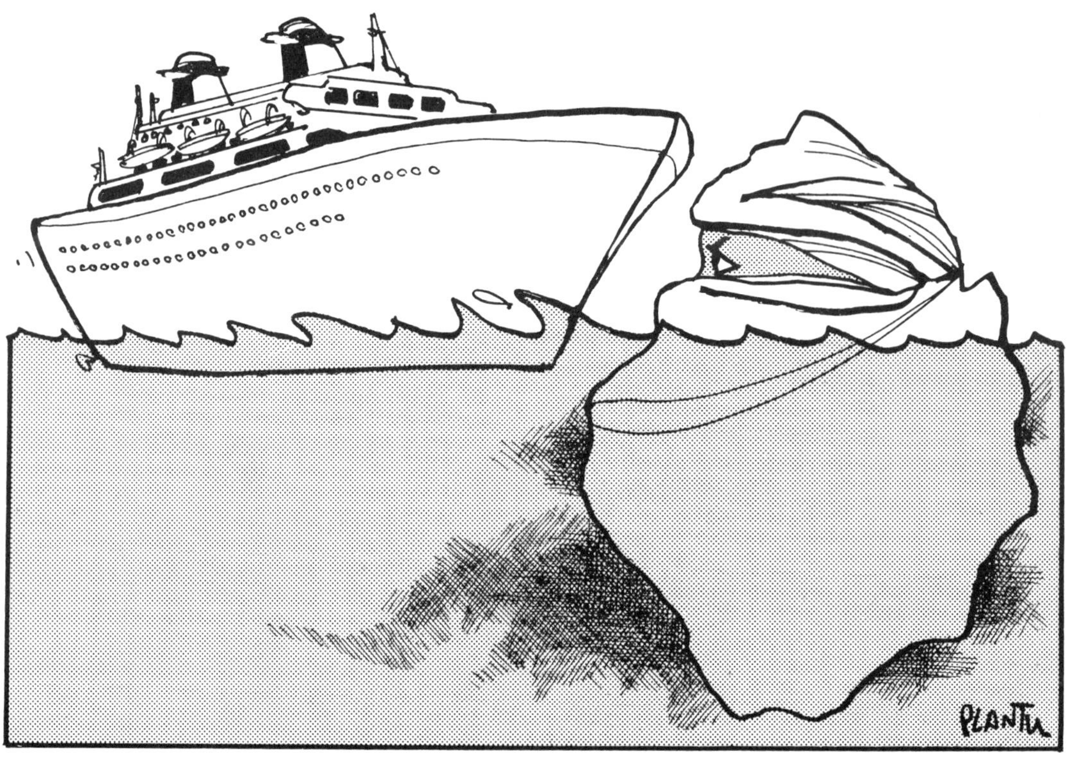

L'ÉPILOGUE DU DÉTOURNEMENT DE L'« ACHILLE-LAURO »

Nombreuses questions sans réponse

L'odyssée du paquebot italien « Achille-Lauro » – détourné lundi au large des côtes égyptiennes – a pris fin mercredi après-midi 9 octobre, à Port-Saïd, avec la reddition des quatre pirates palestiniens. Ceux-ci ont tué, sans doute mardi, un des passagers, un retraité américain infirme, âgé de soixante-neuf ans.

Le Conseil de sécurité de l'ONU a condamné mercredi soir cette opération, à propos de laquelle de nombreuses questions se posent. D'autre part, la radio israélienne a accusé l'OLP d'être responsable de la mort de deux marins, dont les corps, portant de nombreuses blessures, viennent d'être découverts à Barcelone.

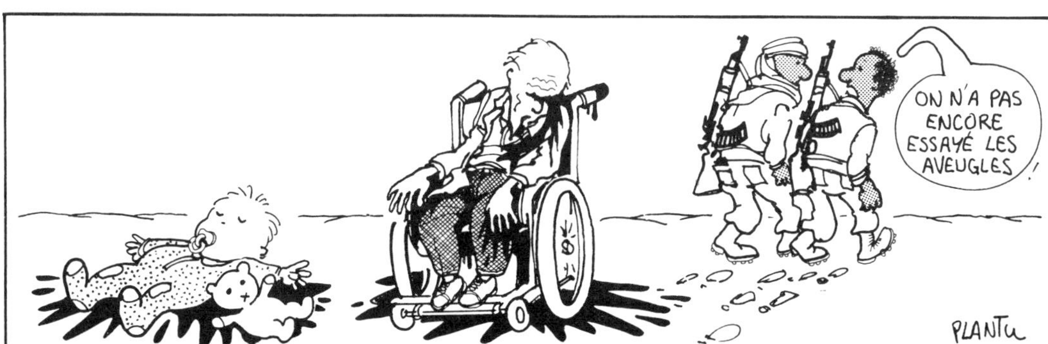

RAMBOMANIA

Octobre 1985

RAMBOMANIA
Octobre 1985

PC et CGT
8 octobre 1985

M. Mitterrand brocarde le PC

M. Mitterrand a terminé, le mardi 8 octobre à Vannes (Morbihan), son voyage de deux jours en Bretagne. Au cours de cette visite, il a vanté les vertus de la modernisation et critiqué les thèses, jugées passéistes, du PCF et de la CGT. Tel Georges Pompidou naguère, il a paru décrire une France politique composée des communistes... et de tous les autres. Le comité central du PCF a dénoncé la « stratégie commune » du PS et de la droite, au moment où la CGT déclenchait une grève à l'usine Renault du Mans.

CGT

Octobre 1985

AFRIQUE DU SUD
18 octobre 1985

Benjamin Moloïse a été pendu à Pretoria

Condamné pour le meurtre d'un policier, le jeune Noir a été exécuté ce vendredi 18 octobre. La situation en Afrique du Sud avait provoqué il y a quelques semaines un mouvement de boycottage du Grand Prix automobile de Kyalami. Finalement, en dépit de l'absence de Renault et de Ligier, le Grand Prix aura lieu samedi comme prévu.

JE PRÉPARE UNE THÈSE DÉMONTRANT QUE L'APARTHEID N'A JAMAIS EXISTÉ !
PLANTU

GRÈVE
24 octobre 1985

LA JOURNÉE D'ACTION DE LA CGT

La grève dans le secteur public est moins suivie que prévu

LE CONGRÈS DE LA CGT

La courroie grippée

La CGT devait ouvrir le dimanche 24 novembre, à Montreuil, son premier congrès depuis que les communistes ont quitté le gouvernement. Depuis les précédentes assises, à Lille en 1982, les choses ont bien changé : le PC critique ouvertement le pouvoir socialiste et il pouvait espérer que, sur le terrain, la centrale de M. Krasucki prendrait le relais.

Mais, le 24 octobre dernier, la tentative de mobiliser les salariés sur un mot d'ordre de grève nationale a fait long feu. Le mouvement, médiocrement suivi, a montré les limites de la contestation et la difficulté qu'éprouve la CGT à faire l'unanimité de ses adhérents. A l'évidence, la courroie est grippée.

M. Krasucki est pris entre les quelques contestataires qui prônent une adaptation du syndicalisme et les « durs » menés par M. Louis Viannet, numéro deux de la CGT, qui ont mis en cause en mai dernier la « mollesse » du secrétaire général.

Fabius-Chirac : à chacun son angoisse

Dans leur duel télévisé, le premier ministre et le président du RPR cherchent d'abord à s'imposer à leur camp respectif

M. Chirac : Soyez gentil de me laisser parler et de cesser d'intervenir incessamment – un peu comme un roquet...

M. Fabius : Ecoutez, je vous en prie, vous parlez au premier ministre de la France...

DÉBAT FABIUS-CHIRAC

27 octobre 1985

« UNION »

Octobre 1985

31 octobre 1985 : selon le sondage BVA-*Paris-Match,* la cote de confiance de M. Jacques Chirac augmente fortement (36 % d'avis favorables contre 30 % en septembre).

Tous contre le pouvoir mais chacun pour soi

Pris individuellement, MM. Barre, Chirac et Giscard d'Estaing sont épatants. M. Giscard d'Estaing a réussi, vendredi 8 novembre, « Face à la 3 », une bonne performance. Simple, modeste, familier sans trop, il passait presque, devant la douzaine de très jeunes gens qui l'interrogeaient sans détours, pour un homme neuf. Il a d'ailleurs glissé au passage, mine de rien : *« J'ai cinquante-neuf ans. »*

Le président du RPR mène campagne comme si de rien n'était.

Quant à M. Barre, il est égal à lui-même, poursuit en tête des sondages son bonhomme de chemin solitaire, égrène ici ou là ses formules assassines et met les rieurs de son côté. La dernière de M. Barre ? Vendredi soir, à Amiens, à propos de l'enfer cohabitationniste : *« On ne déjeune pas avec le diable, même avec une très longue cuillère. »*

COHABITATION
Novembre 1985

pposition ;
ninistre a
lle et per-
gtemps, a
symphonie
ianes sou-
à l'unisson
ses disso-
ain Poher,
union, est
ier dans
sympathie
, même si
isser sous
les amou-

e pas aux
le député
ersailles, il
dente » de
ortait son
de l'UDF,
ition un de
borateurs,
..., qui se
rale » de
L'arroseur

ne mairie,
rre a tenu
la cohabi-
r les insti-
blique ; le
ue pronon-
pas seule-

forces de l'opposition.

Si, devant le petit millier de participants au meeting, il n'eut pas un mot pour limiter son appel à l'union, devant les auditoires plus restreints d'agriculteurs et d'élus locaux, il souligna sa différence : « *L'union*

vers le m
élections (
pas le mo
mité. Elle
monde do
Dieu merc
France es
dit, chacu
ses différe
qu'à tirer
contre la
l'enrégim
lités ».

Mais si
pas se fa
l'ancien pr
qui doiven
l'oreille de
naires » :
dangereu
demain, en
qu'il soi
devant les
européenn
ner sans
çais ; non,
renégocier
l'Espagne
commun
le payera
locaux, en
le discour
conditions
sation son

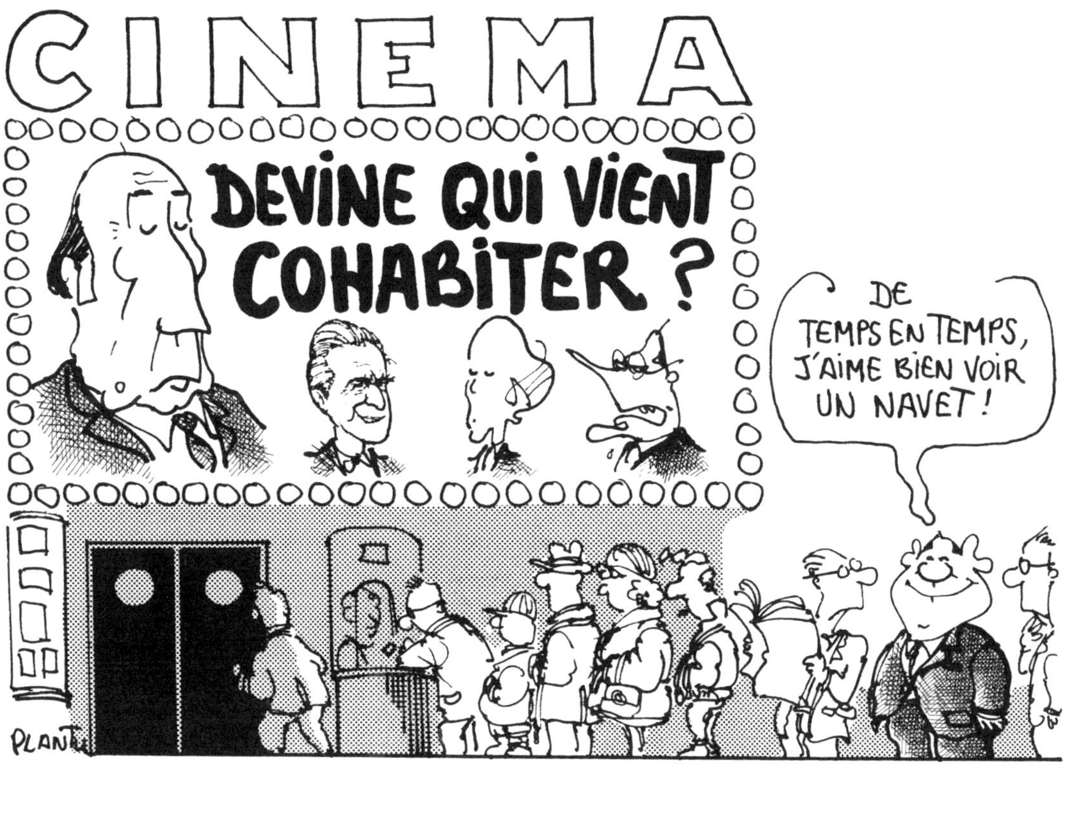
CINEMA
DEVINE QUI VIENT COHABITER ?
DE TEMPS EN TEMPS, J'AIME BIEN VOIR UN NAVET !
PLANTU

LA « 5 »

Novembre 1985

La tour Eiffel « volée » à M. Chirac : la célèbre tour n'est plus, le vendredi 15 novembre, la propriété exclusive de Paris. Le pouvoir s'est donné le droit d'y installer des antennes pour les télévisions privées. Le 20 novembre, le gouvernement annonce que la concession d'une cinquième chaîne de télévision a été attribuée à une société privée constituée par Jérôme Seydoux, Silvio Berlusconi et Christophe Riboud.

LA « 5 »
Novembre 1985

LA « 5 »

Novembre 1985

Une 5e chaîne de télévision avant le 20 février

La France disposera avant le 20 février prochain d'une nouvelle chaîne de télévision : *« La première chaîne privée gratuite offerte aux Français »*, indique un communiqué diffusé ce mercredi 20 novembre par le ministère de la communication. Cette cinquième chaîne pourra être captée sur l'ensemble du territoire national dans un délai d'un an.

Le gouvernement a donc choisi. En application de la loi de 1982 sur la communication audiovisuelle, la cinquième chaîne de télévision a été confiée à une société qui sera constituée par MM. Jérôme Seydoux et Silvio Berlusconi. Le capital de cette société, contrôlée à 60 % par des intérêts français, reste ouvert à d'autres partenaires, notamment des représentants de la presse écrite.

Les émissions – qui commenceront au plus tard le 20 février selon le contrat signé – pourront être reçues dans la plus grande partie du territoire national dans un délai d'un an. Cette cinquième chaîne pourra naturellement diffuser des messages publicitaires, dont elle tirera la majorité de ses ressources. Elle sera autorisée à diffuser ces messages au cours même des émissions.

Le choix du gouvernement en faveur de l'alliance Seydoux-Berlusconi risque de provoquer de nouvelles réactions hostiles aussi bien dans l'opposition qu'à l'intérieur du Parti socialiste lui-même. L'une et l'autre avaient déjà exprimé leurs craintes à l'égard du magnat italien, auquel ils reprochent de faire de la télévision « spaghetti » ou « Coca-Cola ».

LE SOMMET SOVIÉTO-AMÉRICAIN DE GENÈVE

MM. Reagan et Gorbatchev se rencontrent sans illusions

SYNODE
23 novembre 1985

A LA VEILLE DU SYNODE DES ÉVÊQUES

Jean-Paul II souligne la primauté du pape

SYNODE
23 novembre 1985

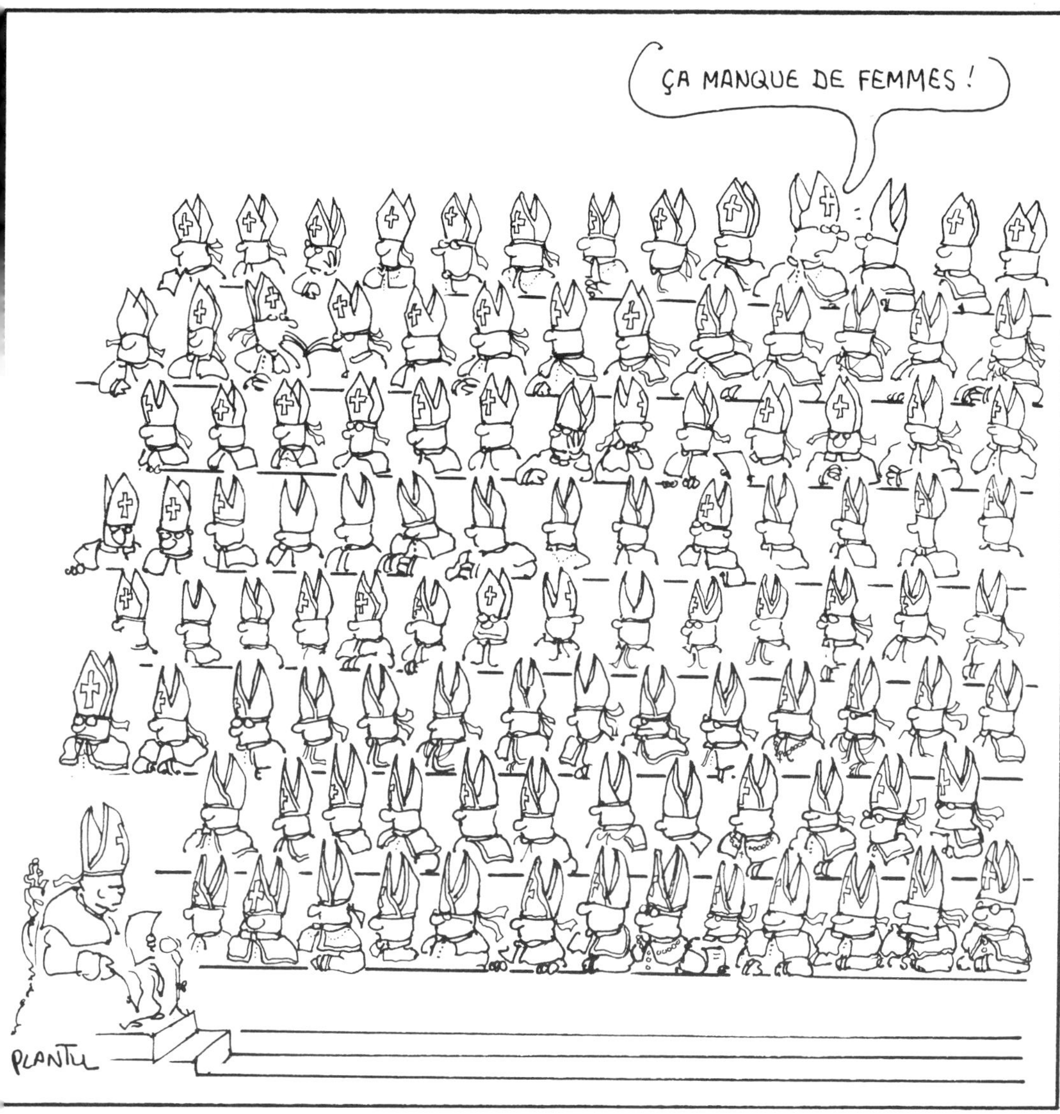

LE CONSEIL NATIONAL DE LA FNSEA

Les grands partis courtisent les agriculteurs

En invitant à son conseil national extraordinaire, au Palais des congrès de Versailles, le jeudi 28 novembre, les quatre dirigeants des principales formations politiques françaises, la FNSEA et son président, M. François Guillaume, se sont offert le meilleur spectacle politique de l'année : Jospin chaleureux, Marchais méthodique, Chirac plutôt triste et Giscard convaincant.

Le lancement de la campagne du PS

MM. Laurent Fabius, premier ministre, et Lionel Jospin, premier secrétaire du PS, ont ouvert la campagne électorale socialiste par un meeting qui a réuni environ 8 000 personnes sous un chapiteau dressé, le vendredi soir 29 novembre, sur l'héliport de Paris.

***L'Internationale,* définitivement atteinte, semble-t-il, par la limite d'âge, a été remplacée par *la Marseillaise* et l'hymne du PS, qui a ouvert et clos la réunion, tandis qu'une gigantesque rose apparaissait sur le podium, derrière MM. Fabius et Jospin, *« au coude à coude »*, comme ils l'ont dit eux-mêmes. M. Rocard, lui, était absent.**

Tout au long de la soirée, le chef du gouvernement et le chef du PS ont multiplié les signes de fraternité et d'amitié, M. Fabius allant jusqu'à embrasser M. Jospin quand le premier secrétaire du PS lui a succédé à la tribune.

Bien que cette manière de voir les choses agace prodigieusement M. Jospin – il l'a redit vendredi, – il semble que M. Fabius, qui a fait le discours le mieux adapté aux circonstances, l'ait emporté aux points, alors que M. Jospin, chaleureusement applaudi lui aussi, s'en est plutôt tenu à un style pédagogique qui convient mieux aux réunions internes au PS.

Comme au congrès de Toulouse, le premier ministre a réussi à faire vibrer la salle – au premier rang de laquelle se déployait une brochette de ministres et de personnalités socialistes – prompte à s'enflammer.

M. Fabius : continuer à construire ou rebrousser chemin

M. Jospin : être le premier parti de France

LE NUMÉRO UN POLONAIS A L'ÉLYSÉE

« C'est très important pour moi » déclare le général Jaruzelski

Le général Jaruzelski est arrivé mardi 3 décembre à Paris pour un séjour de près de vingt-quatre heures, au cours duquel il a été reçu, mercredi matin, pendant une heure et vingt minutes par M. François Mitterrand.

Il a fait part de sa satisfaction d'être en France, et a déclaré que cette visite était *« très importante »* pour lui.

LE TROUBLE

3 décembre 1985

LE TROUBLE
4 décembre 1985

M. Fabius est critiqué au PS pour s'être démarqué de M. Mitterrand

M. Laurent Fabius s'est déclaré, le mercredi 4 décembre, à l'Assemblée nationale, « troublé » par la visite du général Jaruzelski à Paris et par l'audience que M. François Mitterrand a accordée au chef de l'Etat polonais. Le premier ministre a souligné que cette décision est de celles qui relèvent du chef de l'Etat, « et de lui seul ».

En se démarquant, ainsi, du geste fait envers le dirigeant polonais, le premier ministre a surpris les socialistes. Tout en étant réservés sur la visite elle-même, ceux-ci reprochent au premier ministre de s'être désolidarisé du président de la République.

Pour leur part, les officiels polonais affichaient leur satisfaction après une visite jugée « très positive » par le numéro un polonais.

LE TROUBLE
5 décembre 1985

M. Mitterrand veut juguler la crise politique

M. Laurent Fabius a été confirmé dans ses fonctions par le président de la République, qui a déclaré, le jeudi 5 décembre, à Marin (Martinique) : « Ce gouvernement doit continuer l'œuvre qu'il a si bien commencée. » Au cours d'une conversation téléphonique avec le premier ministre, il avait rejeté son offre de démission. « Cette affaire n'aura pas de suite », indiquait-on à l'hôtel Matignon. En renouvelant sa confiance à M. Fabius, M. Mitterrand veut juguler la crise politique.

LE TROUBLE
10 décembre 1985

Les dissonances entre l'Elysée et Matignon renforcent les adversaires de la cohabitation

M. Mitterrand fait preuve d'une activité débordante. Après le sommet de Luxembourg, son entretien avec le général Jaruzelski, son voyage aux Antilles, il devait répondre, ce lundi 9 décembre, dans l'émission « Découvertes » sur Europe 1, aux questions de Jean-Pierre Elkabbach, avant de participer, à partir de mercredi, au sommet franco-africain.

L'incident Mitterrand-Fabius est clos, dit-on officiellement, mais la cassure est réelle, et les dissonances apparues entre l'Elysée et Matignon renforcent les adversaires de la cohabitation. Elles permettent aux « barristes » de justifier leurs analyses et poussent le RPR à développer une conception plus limitée des prérogatives du chef de l'Etat.

Parachutages : les grandes manœuvres du Parti socialiste

Huguette Bouchardeau dans le Doubs, Alain Calmat dans le Cher, Bertrand Delanoë dans le Vaucluse, Jack Lang dans le Loir-et-Cher, Henri Nallet dans l'Yonne, Yvette Roudy dans le Calvados, Olivier Stirn dans la Manche. Mis à part Bertrand Delanoë qui, finalement, renoncera à être candidat, ils seront tous élus.

M. Mitterrand réunit les Africains francophones

Le douzième sommet franco-africain s'ouvre, ce mercredi 11 décembre, par une réunion à l'Elysée réservée aux seuls chefs d'Etat et de délégation francophones. Outre les relations entre la France et le continent noir, le Tchad, la lutte contre l'apartheid et le problème de la dette domineront les débats.

PLANTU

M. MITTERRAND CHEZ YVES MOUROUSI

Quand les présidents font campagne...

L'annonce de l'intervention de M. Mitterrand, dimanche 15 décembre sur TF 1, à 20 heures, a provoqué un concert de critiques et de sarcasmes de la part du Parti communiste et des responsables de l'opposition parlementaire. Selon les premiers, les socialistes « occupent les ondes » ; pour les seconds, par la voix de M. Toubon, secrétaire général du RPR, nous avons un « gouvernement de speakers ». En réalité, les uns et les autres reprochent à M. Mitterrand sa « frénésie de communication ».

Nouvelle diminution du chômage en novembre

Pour le troisième mois consécutif, le chômage a diminué, selon les statistiques publiées le mardi 17 décembre par le ministère du travail.

A la fin novembre, le nombre de demandeurs d'emploi était de 2 495 100 en données brutes (– 0,6 % en un mois) et de 2 355 100 en données corrigées (– 0,5 %). Depuis le début de l'année, il y a 77 500 personnes de moins sur les listes de l'ANPE.

Progressivement, le marché du travail paraît s'adapter aux mouvements économiques, mais la précarité de l'emploi explique largement la persistance d'un chômage important.

TERRORISME
Décembre 1985

ARRESTATIONS DE TERRORISTES A NAMUR

La piste belge pourrait conduire à Action directe

La police belge a réussi, le lundi 16 décembre, un important coup de filet dans les milieux terroristes avec l'arrestation à Namur de quatre personnes, parmi lesquelles Pierre Carette, « patron » présumé des Cellules communistes combattantes. Selon les enquêteurs, les CCC ont des liens étroits avec le groupe terroriste français Action directe et ses chefs principaux, Jean-Marc Rouillan et Nathalie Ménigon.

TERRORISME
Décembre 1985

PARIS PARALYSÉ PAR L'ARRÊT DU MÉTRO

Grève : la double exaspération

Le trafic était redevenu « tout à fait normal », ce samedi 21 décembre, sur les réseaux de la RATP (métro, autobus et RER). Les agents protestaient contre la condamnation à six mois de prison avec sursis du conducteur dont le train, en novembre 1984, avait happé dans ses portes un voyageur. La grève prévue à l'origine sur la seule ligne A du RER s'était propagée, en dehors de toute consigne syndicale, à l'ensemble du réseau, comme si les agents de la RATP n'attendaient qu'une occasion de manifester un mécontentement latent.

Le mouvement a entraîné une paralysie presque totale de la circulation dans la capitale et provoqué l'exaspération des usagers. Pour obtenir la fin de la grève, la direction s'est engagée à introduire un appel conjoint avec le conducteur condamné et à ouvrir des négociations sur la sécurité.

GRÈVE
21 décembre 1985

AFRIQUE DU SUD
25 décembre 1985

nde

DERNIÈRE ÉDITION

Directeur : André Fontaine — MERCREDI 25 DÉCEMBRE 1985

N EGYPTE

l'OLP

e d'Israël

ıbarak

'il a accordé la
londe, le chef de
notamment l'idée
nationale sur le
et presse M. Yas-
aître rapidement
se ralliant aux

Le terrorisme urbain en Afrique du Sud

République sud-africaine

Le supplice du « collier », une horreur quotidienne

Le supplice du « collier » est réservé aux « traitres » à la cause : un pneu placé autour du cou, arrosé d'essence, sur lequel on craque une allumette.

HERSANT
Janvier 1986

Le défi de Robert Hersant

En rachetant « le Progrès » de Lyon à Jean-Charles Lignel, le patron du « Figaro » et de quelques autres titres bafoue la loi sur le pluralisme et la transparence de la presse, et nargue le gouvernement.

Le policier et le voleur

« Le caractère souvent un peu choquant de ce qu'on a lu dans cette affaire est qu'au lieu de critiquer le comportement du groupe Hersant qui viole la loi, qui est le voleur dans cette affaire-là, on a critiqué la loi comme si c'était dans un vol le policier qu'on critiquait et pas le voleur », a déclaré, le mercredi 8 janvier, M. Fabius à « L'heure de vérité », sur Antenne 2.

ÉTATS-UNIS
Janvier 1986

L'EXPLOSION DE LA NAVETTE ET LES MENACES SUR LE PROGRAMME DE LA NASA

« Nous continuerons notre conquête de l'espace »

déclare le président Ronald Reagan

28 janvier 1986 : la navette Challenger explose soixante-quinze secondes après son décollage, tuant les sept astronautes qui étaient à bord.

DIX MILLE MORTS AU YÉMEN DU SUD

Les rebelles contrôleraient presque entièrement Aden

A l'issue de dix jours de furieux combats, qui auraient fait plus de dix mille morts, les adversaires du président sud-yéménite Ali Nasser Mohamed contrôleraient la quasi-totalité d'Aden et quatre des six provinces du pays.

Les affrontements ont cependant repris jeudi dans la capitale, après une brève accalmie, à la suite de l'entrée en lice de membres des tribus montagnardes demeurées fidèles au chef de l'Etat.

FLEXIBILITÉ
9 janvier 1986

LA LOI SUR LA FLEXIBILITÉ

Le PC et la droite joueront l'obstruction au Parlement

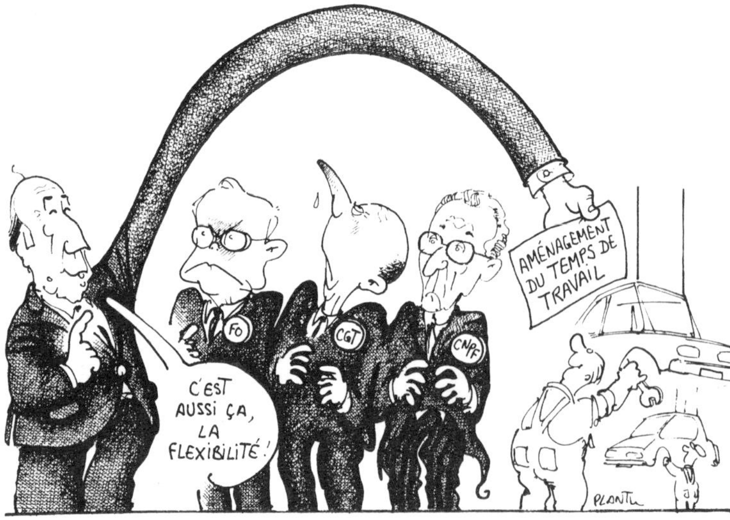

FLEXIBILITÉ
Janvier 1986

LÉGISLATIVES
16 janvier 1986

LA PLATE-FORME DU RPR ET DE L'UDF

« Pour gouverner ensemble »

CESSE-DONC DE PASSER CETTE CASSETTE !!
TU SAIS BIEN QUE ÇA TE REND FURIEUX !!
PROMESSES ÉLECTORALES MAI 81
CLIC !

VOUS VOUS RENDEZ COMPTE, MAINTENANT, VOILÀ QU'IL NEIGE EN PLEIN HIVER !!!
VIVEMENT LE LIBÉRALISME !
BADINTER DÉMISSION !!
PLANTU

LÉGISLATIVES
Janvier 1986

La participation du chef de l'Etat au Grand-Quevilly est *« sans précédent dans l'histoire de la République »*.
JEAN FOYER (janvier 1986)

LES INCONNUES DE LA COHABITATION

M. Mitterrand n'exclut pas de remettre en jeu son mandat

Au cours de sa dernière intervention avant le scrutin législatif, le président de la République a indiqué que, au lendemain des élections, il choisirait « une personnalité de la majorité pour conduire le gouvernement ». « Le président de la République nomme qui il veut, mais il doit se placer en conformité avec la volonté populaire », a-t-il précisé. M. Mitterrand a également insisté sur sa volonté de ne pas être, en cas de cohabitation, « un président au rabais ».

Droite et gauche cohabitent autour des « nouveaux pauvres »

La campagne électorale suit son cours : les socialistes continuent d'affirmer qu'une victoire de l'opposition conduirait à la *« pagaille »* ; et l'opposition réplique que le seul moyen d'éviter la pagaille, c'est un gouvernement RPR-UDF.

Mais ces échanges ont été éclipsés par l'événement créé sur TF1 par Coluche, qui a rassemblé, le dimanche 26 janvier, des personnalités politiques de droite et de gauche afin de promouvoir les « restaurants du cœur ».

A sept semaines des élections législatives, au moment où se cristallise le phénomène de bipolarisation, les uns et les autres ont laissé leurs discours au vestiaire et se sont rassemblés pour une cause commune. Seuls le PCF et le Front national protestent, mais parce qu'ils ont été, disent-ils, exclus de l'émission.

COLUCHE
Janvier 1986

IRAN / IRAK
18 février 1986

LA GUERRE DU GOLFE

Les Iraniens poursuivent leur progression dans le sud de l'Irak

IRAN/IRAK
Février 1986

HAITI/PHILIPPINES
Février 1986

7 février 1986 : à Haïti, le président à vie Jean-Claude Duvalier part en exil sous la pression des Etats-Unis.
7 février 1986 : aux Philippines, l'élection présidentielle est marquée par une participation importante, des violences et une fraude massive.

Haïti en état de siège

La tension ne cesse de croître à Port-au-Prince où le président à vie Duvalier a affirmé son intention de rester au pouvoir

PHILIPPINES
24 février 1986

EXTENSION DE L'INSURRECTION, APPROUVÉE PAR LES ÉTATS-UNIS

Le régime Marcos au bord du naufrage

A Manille, la situation est devenue très tendue dans la nuit du lundi 24 au mardi 25 février (heure locale). M. Marcos a proclamé l'état d'urgence, décrété un couvre-feu nocturne sur l'ensemble du territoire, autorisé les unités qui lui restaient fidèles à utiliser les armes lourdes contre ses adversaires et affirmé qu'« il combattrait jusqu'au bout ». Mais le président philippin, retranché dans son palais de Malacanang, semblait, en fin de journée, jouer ses dernières cartes. Alors que l'insurrection se renforçait, le porte-parole de la Maison Blanche a déclaré : « Les tentatives pour prolonger l'existence du présent régime par la violence sont futiles. Une solution à la crise ne peut être trouvée que dans une transition pacifique vers un nouveau gouvernement. » Les Etats-Unis auraient, d'autre part, proposé à M. Marcos de mettre à sa disposition un avion militaire pour quitter le pays.

PHILIPPINES
26 février 1986

CORY AQUINO ET LES ESPOIRS D'UN PEUPLE

Etat de grâce aux Philippines

***« La longue agonie est terminée, une nouvelle vie commence »*, a déclaré la présidente Aquino, ce mercredi 26 février, dans une brève allocution télévisée, alors que M. Marcos et sa famille, qui venaient de quitter l'archipel, étaient attendus à Honolulu.**

De son côté, le vice-président Laurel a annoncé qu'une amnistie générale allait être décrétée, et qu'elle s'étendrait aux insurgés de la Nouvelle Armée du peuple (NAP). Mme Aquino a lancé à ces insurgés un appel au cessez-le-feu.

TURQUIE
20 février 1986

Turquie

Les violations des droits de l'homme restent pratique courante

selon le dernier rapport d'Amnesty International

TURQUIE
Février 1986

LÉGISLATIVES
18 février 1986

Instantanés de l'économie

Trois indices ont été publiés, le mardi 18 février, qui reflètent assez fidèlement la conjoncture économique française. En janvier, les prix ont été quasiment stables, le commerce extérieur a été excédentaire, mais le chômage a augmenté, après quatre mois de recul.

L'ANCIEN GARDE DES SCEAUX PRÉSIDENT DU CONSEIL CONSTITUTIONNEL

L'opposition, à l'exception de M. Chirac, dénonce la nomination de M. Badinter

La nomination de M. Robert Badinter au poste de président du Conseil constitutionnel par M. Mitterrand suscite des réactions parfois vives dans l'opposition, d'autant plus vives quand elles émanent des hommes de second rang et de l'UDF.

En effet, alors que M. Jacques Chirac se tient dans une prudente expectative et que M. Barre, tout en rendant hommage aux qualités humaines et de juriste de l'ancien garde des sceaux, évoque le « verrouillage » politique, M. Gaudin parle de provocation, M. Léotard de cynisme et M. d'Ornano assure que cette nomination « rabaisse » la France. Quant à M. Pasqua, il y voit la confirmation que la majorité se sait battue.

LES OTAGES FRANÇAIS AU LIBAN

Nouvelle menace du Djihad islamique

Les pressions s'accentuent sur le gouvernement dans l'affaire des otages du Liban. Le Djihad islamique a menacé, ce samedi 8 mars, d'assassiner un des deux diplomates français – M. Marcel Fontaine ou M. Marcel Carton – retenus en otage si le gouvernement n'accède pas à ses revendications. D'autre part, après l'expulsion, le 19 février, de deux opposants irakiens vers Bagdad, le ministre de l'intérieur a diffusé un communiqué, vendredi 7 mars, dans lequel il prescrit « une révision immédiate et complète des procédures en cause ».

LE SORT DES HUIT OTAGES FRANÇAIS AU LIBAN

Paris entend répondre par la fermeté au nouvel ultimatum du Djihad islamique

En enlevant quatre journalistes d'Antenne 2 – qui s'ajoutent aux quatre personnes déjà détenues – et en lançant au gouvernement français un ultimatum qui expire le jour même des élections, le Djihad islamique entend, pour parvenir à ses fins, faire irruption dans le débat politique français. Cependant, M. Laurent Fabius a affirmé solennellement, dimanche soir 9 mars à la télévision, que la France n'entendait pas céder au chantage.

Ce lundi, en fin de matinée, la police libanaise assurait n'avoir « aucune idée » du lieu de détention des otages français. Aucune nouvelle exigence n'avait été formulée par les ravisseurs, qui assurent « enquêter sur les agissements suspects » des journalistes.

OTAGES
11 mars 1986

Otages : MM. Barre et Chirac approuvent la fermeté du pouvoir

Dans l'affaire des otages français au Liban, la plupart des dirigeants politiques de droite comme de gauche tiennent le même langage : la France ne doit pas céder au chantage. MM. Barre et Chirac en particulier se sont clairement exprimés dans ce sens. M. Fabius a tenu à remercier publiquement « les responsables politiques qui ont compris que ce que cherchent les ravisseurs est de diviser les Français ».

A Beyrouth, le docteur Reza Raad, le médecin français qui tente une médiation dans l'affaire des otages, se serait rendu ce mardi matin 11 mars dans la banlieue sud pour y rencontrer les ravisseurs. Cette démarche impromptue du médecin intervient au lendemain de la diffusion par le Djihad islamique de photos apportant, selon lui, la preuve que le chercheur Michel Seurat a bien été « exécuté ».

UN SONDAGE SOFRES-« LE MONDE »-RTL

Cohabitation : les Français légalistes mais sceptiques

Les Français acceptent la cohabitation. Ils ne veulent pas d'un président « au rabais ». Mais ils sont sceptiques sur la durée de cette expérience : tels sont les enseignements d'un sondage SOFRES pour *le Monde* et RTL. Cette enquête repose sur un postulat – la cohabitation – qui recouvre l'hypothèse politique la plus vraisemblable, compte tenu du rapport des forces (victoire de la coalition RPR-UDF) et du souhait du président (je reste).

LÉGISLATIVES
Mars 1986

Recul du chômage en février

10 500 demandeurs d'emploi en moins. Une baisse de 0,4 %.

L'inauguration par M. Mitterrand
de la Cité des sciences de La Villette

« Il va y avoir un grand événement cette semaine, qui est le passage de la comète de Halley dans le ciel (...). Elle revient pour annoncer l'entrée de la France dans le monde moderne. »

VALÉRY GISCARD D'ESTAING
(9 mars 1986)

LÉGISLATIVES
15 mars 1986

Au seuil de la cohabitation

Près de 7000 candidats aux élections législa-ives, et 13900 aux élections régionales devaient e disputer les suffrages de quelque 37 millions t demi d'électeurs appelés à élire, dimanche 6 mars, 577 députés (dont 555 en métropole) t 1840 conseillers régionaux à l'occasion d'un eul tour de scrutin.

Dès lundi 17 mars, le gouvernement de ⁄I. Fabius expédiera les affaires courantes. Un conseil des ministres est, comme à l'habitude, inscrit sur l'agenda du président de la République pour le mercredi matin (19 mars).

La nouvelle Assemblée ne pourra se réunir de plein droit que le 2 avril. M. Mitterrand et les dirigeants de la majorité parlementaire disposeront donc de plus de deux semaines pour parvenir à un accord sur le choix du premier ministre et la composition du gouvernement.

16 MARS 1986

Aux élections législatives qui ont lieu à la proportionnelle à un tour, la coalition RPR-UDF obtient la majorité absolue grâce à l'appoint de 14 divers droite (3,9 %) : avec 40,98 % des voix, elle dispose à elle seule de 277 des 577 élus, 148 RPR et 129 UDF. Le Front national, avec 9,65 %, obtient 35 sièges, autant que le Parti communiste (9,78 %). La gauche non communiste recueille 216 sièges, et le Parti socialiste seul obtient 196 élus, avec 31,04 % des voix.

LA PRÉPARATION DE LA COHABITATION

L'Elysée négocie discrètement la formation du gouvernement

Les contacts discrets se sont multipliés en vue de la désignation du premier ministre de la cohabitation et de la formation du nouveau gouvernement. M. François Mitterrand a reçu M. Laurent Fabius, mardi matin comme à l'ordinaire, pour le petit déjeuner hebdomadaire, auquel, contrairement à l'habitude, M. Lionel Jospin n'assistait pas. Le président de la République devait ensuite recevoir à déjeuner le premier ministre, qui avait mis sa démission à la disposition du chef de l'Etat le lundi 17 mars.

Lundi soir à la télévision, M. François Mitterrand a « pris acte » de la constitution d'une nouvelle majorité, formé des vœux pour sa réussite et confirmé que le nouveau premier ministre sera issu de ses rangs. Quelques heures auparavant, les dirigeants du RPR et de l'UDF avaient averti que toute personnalité pressentie par le chef de l'Etat devrait au préalable s'assurer du soutien de la coalition. Mardi matin, à l'Hôtel de Ville de Paris, M. Jacques Chirac a reçu M. Jacques Chaban-Delmas.

COHABITATION
20 mars 1986

M. Chirac présente à M. Mitterrand la liste de son gouvernement

Relations extérieures : **M. Jean-Bernard Raimond**
Défense : **M. André Giraud**
Économie : **M. Edouard Balladur**
Intérieur : **M. Charles Pasqua**
Culture et communication : **M. François Léotard**
Affaires sociales : **M. Philippe Séguin**

M. Chirac devait être nommé premier ministre dans la journée de jeudi 20 mars, après s'être rendu à l'Elysée pour soumettre à la nomination de M. Mitterrand la liste des membres de son gouvernement. Celle-ci était pratiquement établie dès mercredi soir et comportait notamment les noms de M. Edouard Balladur comme ministre de l'économie, des finances et de la privatisation, et de M. Charles Pasqua comme ministre de l'intérieur alors que M. Robert Pandraud serait ministre délégué à la sécurité publique. Jeudi matin, M. Chirac, entouré de ses collaborateurs, avait poursuivi ses consultations en recevant notamment M. Jean-Claude Pasty, délégué du RPR à l'agriculture, et M. Bernard Pons, ancien secrétaire général du RPR.

LES OUBLIÉS DE LA COHABITATION

Mars 1986

COHABITATION
Mars 1986

La passation des pouvoirs

Laurent Fabius avait déclaré le 7 novembre 1984 : « *1986, c'est gagnable!* » De son côté, Jacques Chirac affirmait à l'automne 1985 : « *Moi, premier ministre? Merci, j'ai déjà donné!* »

PC
24 mars 1986

Le comité central du PCF s'est ouvert ce lundi 24 mars

Au lendemain des élections législatives, le journal *l'Humanité* titrait : « PCF : une force qui comptera ».

LA CONTESTATION AU COMITÉ CENTRAL DU PCF

M. Marchais a endigué la critique des « rénovateurs »

Le Parti communiste français tenait ce mardi 25 mars la seconde journée de son comité central d'après élections. La première avait été consacrée à la présentation du rapport de M. Paul Laurent, « Dans la voie du vingt-cinquième congrès, rassembler, agir », et à l'intervention de vingt-deux orateurs. Parmi eux, MM. Marcel Rigout, Claude Poperen et Lucien Sève ont fait part, avec des nuances, de leurs critiques et souhaité l'ouverture d'un débat. M. Pierre Juquin, l'un des chefs de file des « rénovateurs », nommément accusé d'organiser la contestation, devait intervenir mardi. Selon un membre du comité central, l'équipe de M. Marchais a d'ores et déjà « verrouillé » le parti.

LES ÉLUS
2 avril 1986

Première réunion de la nouvelle Assemblée

- ***M. Jacques Chaban-Delmas devait retrouver la présidence***
- ***Tractations entre le RPR et l'UDF pour le partage des postes-clés***

LA RENTRÉE PARLEMENTAIRE

L'étroitesse de la majorité complique les premiers votes

La huitième législature de la Ve République débute le mercredi 2 avril, à 16 heures. Les 577 députés commenceront par entendre un discours de leur doyen d'âge, M. Dassault, en présence du premier ministre, M. Chirac. L'étroitesse de la nouvelle majorité compliquera les premiers votes, et d'abord l'élection de M. Chaban-Delmas à la présidence de l'Assemblée. C'est lui qui lira le message du président de la République, que celui-ci a préparé durant le week-end au fort de Brégançon.

SUSPENSION DES COTATIONS OFFICIELLES EN EUROPE

Un réajustement des parités monétaires est attendu au cours du week-end

Le franc a perdu 5 % par rapport au mark

La France est sortie du système monétaire européen ce vendredi 4 avril, et les cotations officielles des monnaies ont été suspendues sur toutes les places européennes. Ces décisions accréditent l'idée d'un réaménagement des monnaies européennes au cours du week-end, alors que les ministres des finances des Douze ont rendez-vous à Ootmarsum, aux Pays-Bas. Le comité monétaire de la CEE, qui doit obligatoirement se réunir en cas de réaménagement du SME, a d'ailleurs été invité à se rendre aux Pays-Bas, et l'on précisait à Bruxelles que M. Balladur, ministre de l'économie, des finances et de la privatisation, avait demandé un réajustement de la parité du franc.

Dans de faibles transactions interbancaires, le mark s'échangeait entre 3,15 F et 3,20 F, soit une réévaluation de la devise allemande comprise entre 4 % et 5 %. Avec la dépréciation du franc, le dollar s'est envolé à Paris, où il cotait 7,50 F vendredi, contre 7,3240 F la veille. Enfin, l'hôtel Matignon a fait savoir en fin de matinée que les entretiens entre MM. Mitterrand et Chirac le 2 avril avaient notamment porté sur l'éventualité d'un réajustement monétaire.

MONNAIE
4 avril 1986

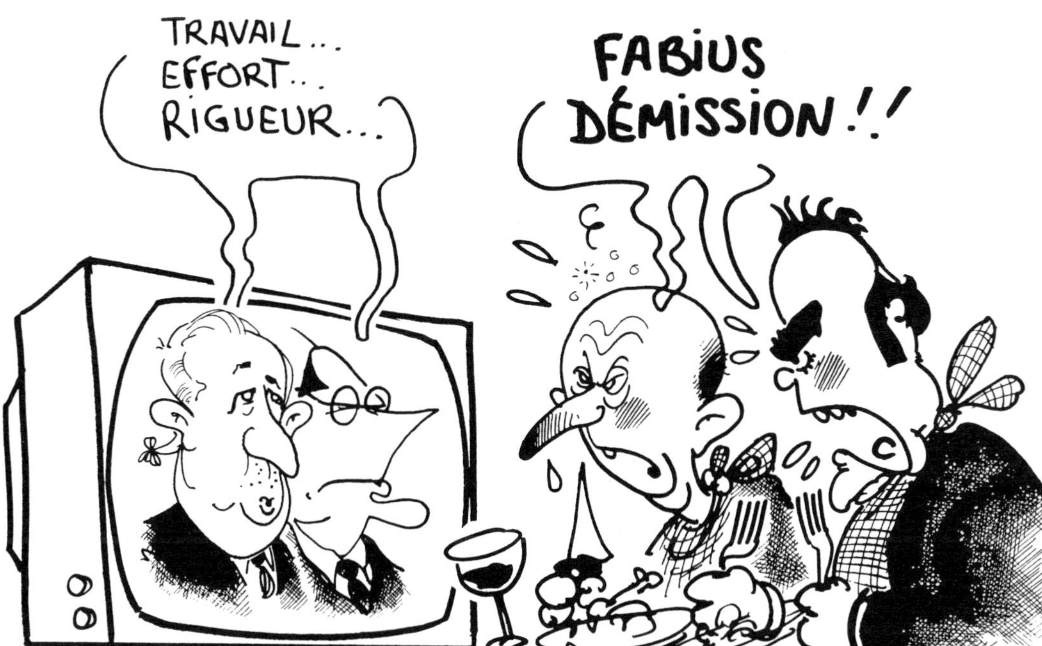

DISCOURS-PROGRAMME

9 avril 1986

LE DISCOURS-PROGRAMME DE M. CHIRAC

● Privatisation des banques et de divers groupes industriels
● Modification du code de la nationalité
● Mesures pour favoriser l'emploi des jeunes

M. Jacques Chirac devait présenter, le mercredi 9 avril, à l'Assemblée nationale, le programme de son gouvernement dans une déclaration de politique générale suivie d'un vote.

« La nouvelle frontière, c'est l'embauche », devait déclarer le premier ministre, en soulignant que l'ensemble des mesures économiques et sociales prises ou prévues par le gouvernement sont destinées à favoriser l'emploi. Les économies budgétaires inscrites dans le « collectif » que le conseil des ministres examinera le 16 avril s'élèvent à environ 10 milliards de francs. Dans le débat de « confiance » à l'Assemblée, M. Giscard d'Estaing devait formuler, au nom de l'UDF, des réserves sur les choix du gouvernement. Le conseil des ministres avait adopté auparavant le projet de loi d'habilitation en matière économique et sociale, ainsi que celui sur la réforme du mode de scrutin.

LES DÉCISIONS DU CONSEIL DES MINISTRES

Prochain rétablissement de l'anonymat sur les achats et ventes d'or

Prochain rétablissement de l'anonymat sur les achats et les ventes d'or, suppression de l'impôt sur les grandes fortunes, réduction du taux de l'impôt sur les bénéfices, qui passera à 45 %, amnistie fiscale et douanière pour les rapatriements de capitaux, sous réserve d'une taxe de 10 %, aide importante à l'emploi des jeunes : telles sont les principales décisions prises, mercredi 16 avril, en conseil des ministres.

ÉTATS-UNIS / LIBYE

Avril 1986

LE TERRORISME ET LES ACCUSATIONS CONTRE TRIPOLI

M. Kadhafi menace d'« embraser » le monde en cas de représailles

« Non seulement Kadhafi est un barbare, mais en plus il est givré »

RONALD REAGAN (7 janvier 1986)

LES DOUZE ET LA MENACE TERRORISTE

Concertation européenne face au colonel Kadhafi

ÉTATS-UNIS/LIBYE
15 avril 1986

RIPOSTE DES ÉTATS-UNIS AU TERRORISME, MALGRÉ LES RÉSERVES EUROPÉENNES

La Libye appelle le monde arabe à la « vengeance » après le raid américain sur Tripoli et Benghazi

Appelant les pays arabes à la « vengeance » quelques heures après les raids aériens américains de la nuit du lundi 14 au mardi 15 avril contre Tripoli et Benghazi, la Libye a demandé la mise en œuvre du pacte de défense liant les vingt-deux membres de la Ligue (moins l'Egypte, suspendue depuis son traité de paix avec Israël). Ces dispositions, jamais appliquées, prévoient que toute attaque contre un membre de la Ligue doit être considérée comme une agression dirigée « contre la nation arabe tout entière ».

Le conseil des ministres des affaires étrangères de la CEE se réunira jeudi, à Paris, pour examiner la situation.

A La Haye, M. Van den Broek, ministre néerlandais des affaires étrangères et président du conseil des ministres de la Communauté européenne, a déploré les raids américains et s'est dit particulièrement « troublé » par le fait que l'attaque soit survenue immédiatement après la réunion des ministres de la CEE, qui avaient préconisé la recherche d'une solution politique.

Selon la BBC, les raids américains auraient fait une centaine de victimes. L'agence libyenne Jana parle de « plusieurs dizaines de civils tués, en majorité étrangers ».

ÉTATS-UNIS/LIBYE

Avril 1986

ÉTATS-UNIS / LIBYE

Avril 1986

MENACES TERRORISTES EN EUROPE

Les Américains boudent la France

Un attentat a détruit ce samedi 26 avril les bureaux d'American Express à Lyon

Un attentat a été commis, ce samedi matin 26 avril, un peu avant 4 heures, contre l'American Express à Lyon.

Les quatre derniers niveaux de l'immeuble ont été détruits. Au sous-sol, les enquêteurs ont trouvé l'inscription : « US go home – American Express-Control Data » ainsi que la marque Black et Decker, dont le PDG pour la France, M. Kenneth Marston, avait été assassiné la veille.

ÉTATS-UNIS / EUROPE
Avril 1986

EN RÉPONSE A L'ÉLARGISSEMENT DE LA CEE

M. Reagan prend contre l'Europe des mesures protectionnistes

EMPLOIS
Avril 1986

LA MISE EN ŒUVRE DE LA POLITIQUE ÉCONOMIQUE ET SOCIALE

Le gouvernement presse le Parlement de lui laisser les mains libres

L'Assemblée nationale devait commencer, ce mardi 22 avril, l'examen du projet de loi autorisant le gouvernement à légiférer par ordonnances en matière économique et sociale (privatisation, emploi des jeunes, contraintes sur les entreprises). M. Jacques Chirac aurait voulu que le Parlement allât vite, mais les socialistes entendent débattre de mesures qui mettent en cause une grande partie du travail de la précédente législature. Aussi le gouvernement pourrait-il être amené à engager sa responsabilité sur le vote de ce texte, comme le conseil des ministres l'y a autorisé. Le PS a l'intention de saisir le Conseil constitutionnel, malgré les modifications déjà apportées au projet initial par M. Edouard Balladur.

;E PRÉSENTANT COMME LE CHEF DE L'EXÉCUTIF

M. Jacques Chirac met en relief l'aspect social de sa politique

M. Chirac s'est engagé, sur Antenne 2, le mercredi ? avril, à réduire le chômage et l'insécurité, au ·urs d'une émission essentiellement axée sur la stice sociale. Le matin, pendant le conseil des ministres, M. Mitterrand a jugé que la défense nécessaire de la sécurité des Français dépasse les clivages politiques traditionnels mais qu'elle ne doit pas s'exercer au détriment des libertés des citoyens.

ÉDUCATION
22 avril 1986

M. Monory abroge la réforme des lycées

M. Monory a annoncé, mardi 22 avril, l'abrogation de la réforme des lycées décidée par M. Chevènement, qui devait entrer en application à partir de 1987 en classe de première. Le ministre de l'éducation nationale justifie cette décision par « la situation nouvelle susceptible d'être créée par la future loi de l'enseignement supérieur » et par la nécessité d'assurer d'abord l'accueil des élèves. Il maintient, en effet, l'objectif de 80 % de bacheliers en l'an 2000.

GISCARD
24 avril 1986

M. Giscard d'Estaing se pose en challengeur de M. Chirac

En participant le jeudi 24 avril pour la première fois depuis douze ans au bureau politique du Parti républicain, M. Giscard d'Estaing manifeste son intention de reprendre du service dans la formation qu'il a créée. Alors que la jeune génération du PR est au gouvernement, l'ancien président de la République se pose en challengeur de M. Chirac. Il confirme ainsi la démarche qu'il avait engagée à l'Assemblée nationale en répondant au discours de politique générale du premier ministre.

TCHERNOBYL
Mai 1986

LA CATASTROPHE DE LA CENTRALE NUCLÉAIRE DE TCHERNOBYL

Les Soviétiques s'efforcent de rassurer les Occidentaux

LE NUAGE RADIOACTIF EST PASSÉ AU-DESSUS DE LA FRANCE

Le gouvernement tente d'apaiser la polémique sur les effets de l'accident de Tchernobyl

La France a bien été survolée par un nuage radioactif après la catastrophe nucléaire de Tchernobyl. Les experts ajoutent cependant que cela était sans danger pour la population.

L'insuffisance des informations diffusées étant dénoncée de divers côtés, le gouvernement a finalement décidé la mise en place d'une « structure interministérielle d'information ». L'accident aurait fait quatre victimes, selon les autorités soviétiques.

La situation serait maîtrisée mais, « jusqu'à ce jour, il existait une possibilité théorique de catastrophe », a reconnu un responsable à Moscou.

TCHERNOBYL

Mai 1986

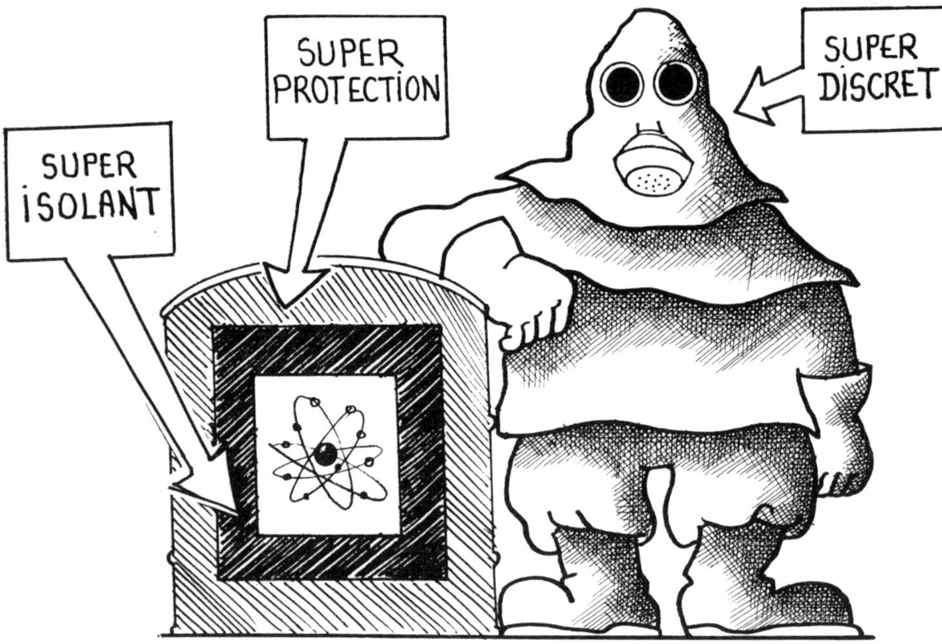

TCHERNOBYL
Mai 1986

TOKYO
4 mai 1986

De Tchernobyl à Tokyo

M. Reagan demande que le sommet des Sept évoque l'accident de la centrale soviétique

Le sommet des sept pays occidentaux les plus industrialisés, auxquels s'ajoute la Communauté économique européenne, représentée par le président de la Commission de Bruxelles, M. Jacques Delors, et celui du Conseil des Douze, M. Ruud Lubbers, premier ministre néerlandais, devait s'ouvrir, dimanche soir 4 mai à Tokyo, par un dîner informel auquel assiste M. Mitterrand, mais non M. Chirac.

Le premier ministre français, qui n'arrivera dans la capitale japonaise que lundi en début d'après-midi, prendra part au second dîner des chefs d'Etat et de gouvernement qui se tiendra le soir même. La rencontre, qui durera jusqu'à mardi après-midi, permettra de nombreux entretiens bilatéraux. C'est ainsi que le président de la République et M. Chirac auront mardi une entrevue avec M. Reagan.

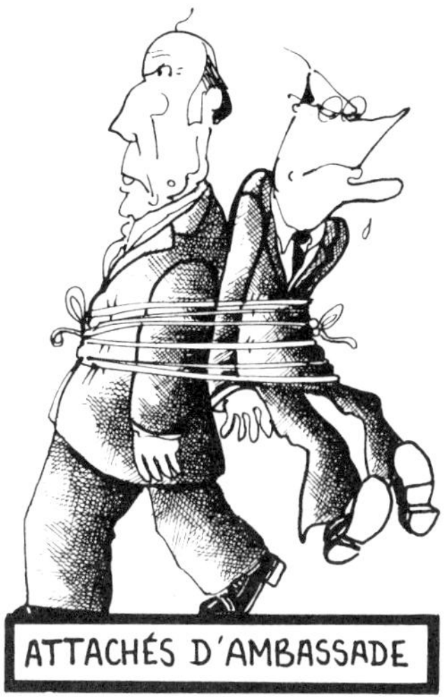

TOKYO
6 mai 1986

LA FIN DU SOMMET DE TOKYO

Les Sept décident de renforcer et de structurer leur coopération économique et monétaire

Le sommet des sept pays industrialisés à Tokyo s'est achevé ce mardi 6 mai, à l'issue d'un ultime déjeuner de travail. La déclaration économique finale prévoyant que la coopération économique et monétaire sera renforcée et structurée a été lue par M. Nakasone, le premier ministre japonais. Un peu plus tard, M. Mitterrand a tenu une conférence de presse en présence de M. Chirac, au cours de laquelle, faisant allusion à la présence du premier ministre, il a notamment déclaré : « Cela se reproduira dans d'autres capitales. Si cela ajoute du poids à la délégation française – et c'est le cas – tant mieux pour la France. »

10 mai 1981 - 10 mai 1986

Les socialistes célèbrent ce samedi 10 mai le cinquième anniversaire de l'accession de M. Mitterrand à l'Elysée. Tous prennent la parole : M. Jospin à Lyon, M. Mauroy à Lille, M. Bérégovoy à Nevers, etc.

LA SUCCESSION DE GASTON DEFFERRE

Les hostilités sont ouvertes dans le PS marseillais

Le président de la République assistera, le lundi 12 mai à Marseille, aux obsèques de Gaston Defferre. Un service œcuménique sera célébré à la cathédrale avant l'inhumation qui aura lieu dans l'intimité.

Avant même que la page ne soit ainsi tournée, les hostilités ont été ouvertes au sein même du conseil municipal. Dix-neuf élus « defferristes » viennent en effet de lier leur sort à travers un appel et un accord portant sur cinq candidats possibles à la succession du maire.

M. Michel Pezet, député, ancien président du conseil régional et président du groupe socialiste du conseil municipal, ne figure pas dans cette liste destinée à faire barrage à sa propre candidature.

MARSEILLE
Mai 1986

M. ROBERT VIGOUROUX ÉLU MAIRE DE MARSEILLE

La victoire posthume de Gaston

Au terme d'une extravagante journée marquée par un interminable affrontement entre defferristes et fidèles de M. Michel Pezet, les amis de l'ancien maire l'ont emporté, mais la bataille laissera des traces dans tout le PS

La succession de M. Marchais à la tête du PCF est ouverte

M. Georges Marchais a annoncé, le lundi 12 mai, au début de la réunion du comité central du Parti communiste consacrée aux « mutations de la classe ouvrière », qu'il avait « *pris depuis longtemps* » la « *décision personnelle* » de ne pas être candidat à la prochaine élection présidentielle. Il a jugé souhaitable que le PCF désigne son futur candidat « *dans des délais rapprochés* ». Cette intervention inattendue du secrétaire général a été rendue publique dans l'après-midi par un communiqué du bureau de presse du PCF.

Les « rénovateurs », qui militaient en faveur d'un congrès extraordinaire du parti, peuvent tirer quelque satisfaction de cette décision. Celle-ci annonce, en effet, que la succession du secrétaire général est, à plus ou moins long terme, ouverte et qu'un débat stratégique est, au moins implicitement, accepté par la direction elle-même.

Le retrait de M. Marchais, âgé de soixante-cinq ans, candidat du PCF à l'élection présidentielle de 1981 et tête de liste aux élections européennes de 1979 et 1984, est apparu aux membres du comité central comme signifiant qu'une page commence à être tournée.

IMPATIENCE DE LA MAJORITÉ, PRESSION DU PATRONAT, MOTION DE CENSURE SOCIALISTE

M. Chirac accélère la mise en œuvre de sa politique économique et sociale

M. Jacques Chirac a engagé la responsabilité de son gouvernement, mardi 13 mai, sur le projet de loi d'habilitation économique et sociale. Le premier ministre répond ainsi aux critiques qui lui étaient adressées sur les lenteurs de son action économique et politique. Mercredi, le conseil des ministres a approuvé le projet de loi sur la suppression de l'autorisation administrative de licenciement. M. Mitterrand a rappelé son hostilité de principe et les réserves qu'il a déjà exprimées sur ce sujet. Il a toutefois souligné que l'initiative de la loi appartient au gouvernement. Il a également formulé des mises en garde d'ordre politique et constitutionnel sur les projets du gouvernement concernant la Nouvelle-Calédonie, qui ne sont pas encore définitivement mis au point.

JE VOUS AUGMENTERAIS BIEN, MAIS J'AURAIS LES PIRES ENNUIS AVEC LE GOUVERNEMENT !
PAYE
PLANTU

PRISONS
Mai 1986

LA SITUATION DANS LES ÉTABLISSEMENTS PÉNITENTIAIRES

M. Chalandon : « Il est possible de construire vingt mille places dans deux ou trois ans »

La situation dans les prisons s'aggrave à la veille de l'été, avec pour 32 500 places une population pénale au 1er mai 1986 de 47 595 détenus dont 1 823 femmes.

LA « BELLE » PAR HÉLICOPTÈRE A LA PRISON DE LA SANTÉ

Nombreuses perquisitions dans la région parisienne après l'évasion spectaculaire de Michel Vaujour

La brigade de répression du banditisme a été chargée de l'enquête sur l'évasion spectaculaire, lundi 26 mai, de Michel Vaujour de la maison d'arrêt de la Santé et de nombreuses perquisitions ont été effectuées dans la région parisienne. Selon les policiers, qui interrogeaient encore mardi 27 mai Pierre Hernandez, Michel Vaujour aurait demandé au dernier moment à ce détenu son aide pour s'évader. Dans une déclaration, le garde des sceaux a estimé que ce type d'évasion par hélicoptère était « imparable ».

C'EST LA FAUTE AUX SOCIALISTES:

AMNESTY
28 mai 1986

LES VINGT-CINQ ANS D'AMNESTY INTERNATIONAL

AMNESTY
Mai 1986

AMNESTY
Mai 1986

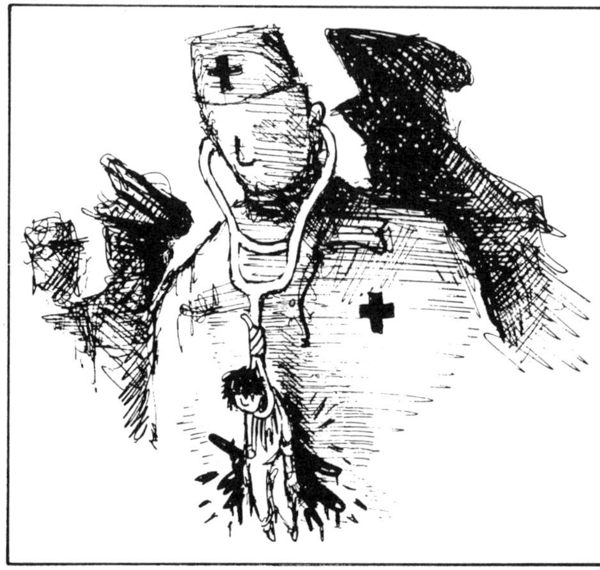

AMNESTY
Mai 1986

CONSÉQUENCE DES MAUVAIS INDIC

M. Philippe Séguin redout une augmentation du chômag

« La France, ça démarre » JACQUES CHIRAC (25 mars 1986.)

EMPLOIS
Juin 1986

RATP
Juin 1986

LA MAJORITÉ ET LES HAUTS FONCTIONNAIRES

Le gouvernement veut démettre le président de la RATP

M. Jacques Douffiagues, ministre délégué chargé des transports, a demandé, le lundi 2 juin, au président de la RATP de lui remettre sa démission. M. Claude Quin rendra sa réponse mercredi. Le ministre a indiqué qu'il y aurait « prochainement un nouveau président à la tête du conseil d'administration », ce qui laisse entendre que M. Quin sera en tout état de cause remplacé. Les syndicats ont annoncé une grève de vingt-quatre heures, le 11 juin, pour protester contre la situation faite au personnel de la RATP.

RATP
Juin 1986

BAC
4 juin 1986

395 500 candidats au ba

PASQUA
Juin 1986

Les lois sur la sécurité

« M. Pasqua est un voyou qu'il faut mettre très rapidement hors d'état de nuire (...). A cause de lui, la France est en train de devenir un Etat policier et fascisant »
YVETTE ROUDY (24 mai 1986)

AUTRICHE
7 juin 1986

L'ÉLECTION PRÉSIDENTIELLE EN AUTRICHE

M. Kurt Waldheim, grand favori

M. Waldheim, qui avait obtenu 49,64 % des suffrages au premier tour de l'élection présidentielle autrichienne, le 4 mai dernier, paraît assuré de la victoire au deuxième tour, le 8 juin. Loin de lui porter tort, les révélations sur ses activités dans l'armée allemande durant la seconde guerre mondiale semblent avoir accru son audience.

M. Kurt Waldheim, président de la République d'Autriche

TF 1
Juin 1986

LA RÉFORME DE L'AUDIOVISUEL

M. Léotard définit le processus de privatisation de TF 1

PRODUCTION, PROGRAMMATION, DIFFUSION

M. Léotard veut briser le triple monopole du service public de l'audiovisuel

Le conseil des ministres a adopté, le mercredi 11 juin, le projet de loi « relatif à la liberté de la communication », présenté par M. Léotard, ministre de la culture et de la communication. M. Léotard a confirmé sa volonté de démanteler le monopole public et de transférer l'essentiel des prérogatives de l'Etat dans le domaine audiovisuel à une nouvelle autorité indépendante – la Commission nationale de la communication et des libertés – composée de neuf membres, comme la Haute Autorité, à laquelle elle succédera. M. Mitterrand a émis d'« extrêmes réserves » sur ce texte, bien qu'il ait pris la précaution d'indiquer qu'il n'avait pas vocation à entrer dans le détail des mesures prévues. Elles portent sur le principe même du projet et les conditions de cession de TF 1. Le président de la République a également émis des « réserves » sur le projet de loi concernant le statut des étrangers, présenté par M. Pasqua, ministre de l'intérieur. Le conseil a autorisé M. Chirac à engager la responsabilité du gouvernement sur ces deux textes.

TF 1
Juin 1986

TF 1
Juin 1986

PCF
Juin 1986

« Le plus difficile, ce n'est pas d'adhérer au Parti communiste, c'est d'y rester »,
affirmait René Andrieu en 1975 dans un livre autobiographique.

PCF
Juin 1986

MUNDIAL
Juin 1986

La treizième Coupe du mond de football au Mexique

CINQ SEMAINES DE BALLON

Le Mundial est mort, vive la crise !

L'Argentine a remporté la Coupe du monde de football pour la deuxième fois en battant l'Allemagne de l'Ouest 3 à 2 le dimanche 29 juin. Samedi, la France avait pris la troisième place aux dépens de la Belgique (4-2).

AFRIQUE DU SUD
Juin 1986

L'AFRIQUE DU SUD BAILLONNÉE

Soweto, ville morte...

AFRIQUE DU SUD

Juin 1986

17 juin 1986 : Abdou Diouf, le président sénégalais et président en exercice de l'Organisation de l'unité africaine, émet le vœu que le Conseil européen *« réparera l'erreur commise »* par les ministres des affaires étrangères des Douze, qui, à Luxembourg, n'ont pu se mettre d'accord sur des sanctions. Abdou Diouf a ajouté : *« C'est un échec déplorable. »*

LE SOMMET DE LA HAYE

L'Afrique du Sud divise les Européens

Le conseil européen, qui rassemble les chefs d'Etat ou de gouvernement des Douze, s'e ouvert ce jeudi 26 juin à La Haye sous la présidence du premier ministre néerlandai MM. Mitterrand et Chirac participent à ce sommet. Aucun grand dossier de la CEE ne figur à l'ordre du jour, mais l'actualité non communautaire devrait fournir plusieurs sujets d discussion, en particulier la situation en Afrique du Sud – qui divise les Européens – et l suites de la catastrophe de Tchernobyl.

CHINE
Juin 1986

LA VISITE EN FRANCE DU SECRÉTAIRE GÉNÉRAL DU PC CHINOIS

« J'aimerais que la Chine se modernise à la vitesse du TGV »

déclare M. Hu Yaobang

COLUCHE
Juin 1986

COLUCHE TUÉ DANS UN ACCIDENT

La mort d'un clown

Coluche, qui est mort, jeudi 19 juin, dans un accident de moto, avait pris pour devise : « Un pour tous, tous pourris. » Et puis il l'avait démentie. Du disque en faveur de l'Ethiopie aux restos du cœur, brouillant son image de clown, décapant, admiré ou haï, il était devenu soudain la bonne conscience d'une France repue.

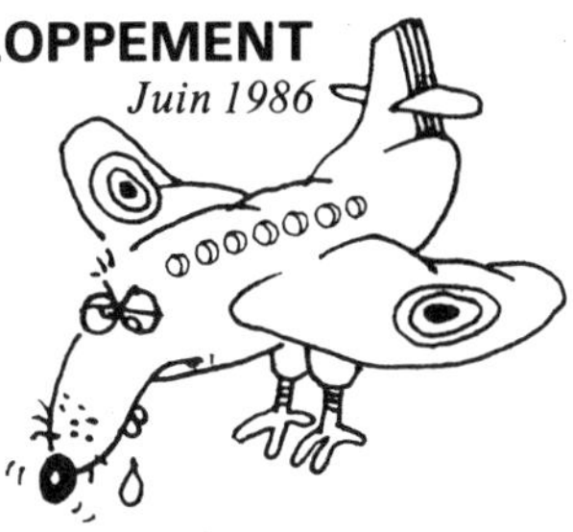

LE SCANDALE DU CARREFOUR DU DÉVELOPPEMENT

« Une affaire malpropre de brigandage »

nous déclare M. Michel Aurillac, ministre de la coopération

POLLUTION
Juillet 1986

Nouvelle fuite de pyralène à Villeurbanne

De nouveaux prélèvements devaient être effectués jeudi 3 juillet dans le sous-sol de la région lyonnaise, où plusieurs centaines de litres de pyralène ont pénétré. Le mélange particulièrement visqueux s'est échappé des transformateurs EDF détruits, dimanche et lundi, à Villeurbanne, par un incendie. Une autre fuite de pyralène froid d'une dizaine de litres a été décelée jeudi matin près d'un autre transformateur, toujours à Villeurbanne. C'est un violent orage qui, cette fois, serait la cause de l'accident.

Bavure policière à Paris

L'inspection générale des services enquête ur la mort d'un jeune homme tué par un CRS

Un jeune homme âgé de ngt-huit ans a été tué par un licier pendant la nuit du ven- edi 4 au samedi 5 juillet, à aris. Passager d'une 2 CV, la ctime avait pris la fuite, à pied, dans le quartier de la rue Mogador (IXe arrondissement), après que la voiture à bord de laquelle il se trouvait, et qui roulait en sens interdit, eut heurté une automobile arrivant en sens inverse. Selon plusieurs témoignages, le policier – un CRS – a tiré alors que le jeune homme se trouvait à terre. Le policier, au contraire, affirme qu'il se sentait menacé.

LES ACTIONS TERRORISTES EN ALLEMAGNE FÉDÉRALE ET A PAR

M. Pasqua : l'attentat contre la polic est « un défi lancé à l'Etat »

L'attentat commis le mercredi 9 juillet, au quatrième étage d'un immeuble de la préfecture de police de Paris, dans les locaux de la brigade de répression du banditisme (un mort, quatre blessés graves), n'avait toujours pas été revendiqué jeudi matin. Au cours d'une conférence de presse, ce mê jour, M. Pasqua, ministre l'intérieur, a qualifié attentat de « défi lanc l'Etat lui-même ».

Tragique épilogue d'une poursuite

Un jeune homme a été tué par un gardien de la paix

Un jeune homme âgé de vingt-quatre ans, William Normand, a été tué d'une ·*alle dans le dos, le jeudi 31 juillet, à Fontenay-sous-Bois (Val-de-Marne) par un* ·*ardien de la paix. La victime roulait sur sa moto en sens interdit alors que la police* *e poursuivait, le soupçonnant d'avoir commis un vol à l'arraché.*

M. Pasqua assurait le 21 mai que les policiers étaient *« couverts par leurs supérieurs » ; « nous les* *ouvrons, il n'y a aucun problème ». « A quoi ça rime de nous dire allez-y, foncez, on vous couvre,* *our ensuite lancer l'IGS sur les collègues qui ont eu la naïveté de prendre au mot ces encourage-* *ıents. »*

BERNARD DELEPLACE, secrétaire général de la FASP, principal syndicat de police **(15 juin 1986)**.

LÉOTARD
Juillet 1986

La décision du Conseil constitutionnel

M. Chirac ajourne les textes controversés sur la presse

Les expulsions de réfugiés basques espagnols

L'expulsion, le jeudi 31 juillet, vers l'Espagne, d'un membre présumé de l'ETA, Luis « Koldo » Dobaran Urtiaga, porte à cinq le nombre de ces expulsions, *« selon la procédure d'urgence absolue »*, depuis le 19 juillet. Si l'émotion est très vive dans les milieux nationalistes basques français, la majorité de la population semble pour l'instant indifférente.

MEXIQUE
Juillet 1986

12 milliards de dollars en dix-huit mois

Nouveau plan de sauvetage pour l'économie mexicaine

La croisade de M. Reagan contre la drogue

Soucieux de *« mobiliser la société contre l'abus de la drogue »,* le président des Etats-Unis a présenté le lundi 4 août un programme visant à réduire la consommation de stupéfiants, qui n'a cessé de croître ces derniers mois.

M. Chirac promet une aide aux éleveurs

M. Jacques Chirac a annoncé, le 17 août, à Meymac (Corrèze), que les éleveurs recevraient une aide financière directe pour compenser les dépenses supplémentaires de céréales que la sécheresse les oblige à effectuer pour nourrir leur bétail. Le ministre de l'agriculture a, de son côté, déclaré que les 400 000 tonnes de céréales cédées à bas prix par la CEE seraient, en partie, données aux exploitants les plus touchés par la raréfaction du fourrage. Les mécanismes de fixation et de distribution de ces aides restent à préciser. Des réunions entre les organismes agricoles et les pouvoirs publics devraient arrêter le dispositif des aides avant la fin du mois d'août.

Au cours de sa visite à Meymac, M. Chirac a également précisé le sens de ses déclarations à un quotidien israélien sur la politique française au Proche-Orient.

A TOULON

Quatre personnes tuées par la bombe qu'elles transportaient

Un dissident du Front national parmi les victimes

La cohabitation et l'élection présidentielle

Les candidatures se multiplient à gauche et à droite pour 1988

La cohésion de la majorité à l'épreuve

M. Giscard d'Estaing se pose en rival de M. Chirac pour l'élection de 1988

La catastrophe volcanique au Cameroun

Plus de vingt mille personnes ont été atteintes à des degrés divers, par les gaz toxiques

CHILI : un rapport d'Amnesty International

La « nouvelle stratégie de la terreur »

Dans un rapport intitulé « Chili : activités clandestines et illégales des forces de sécurité », Amnesty International dénonce la *« nouvelle stratégie de la terreur »* du gouvernement du général Pinochet. L'organisation internationale de défense des droits de l'homme affirme que des groupes tels que l'ACHA (Action chrétienne anticommuniste) multiplient les exactions depuis l'intensification des protestations contre la politique gouvernementale, en 1983.

CHILI
Septembre 1986

Etat de siège au Chili

Le général Pinochet échappe à un attentat

Le général Pinochet a échappé, le dimanche 7 septembre, près de Santiago, à un attentat revendiqué par le Front patriotique Manuel Rodriguez, d'extrême gauche. Le chef de l'Etat a été légèrement blessé. Cinq membres de son escorte ont été tués. L'état de siège a été décrété sur tout le territoire.

Réprobation générale
après les attentats d'Istanbul et de Karachi

L'attentat à l'Hôtel de Ville de Paris

Le gouvernement hésite sur le choix les moyens pour riposter au terrorisme

Après l'explosion d'une ombe, le lundi 8 septembre, à l'Hôtel de Ville de aris (un mort et dix-huit lessés), les policiers attriuent cet attentat aux amis e Georges Ibrahim Abdalah. Le gouvernement a ppelé à la « fermeté » mais emble hésitant sur la nanière de faire face au terorisme. Une organisation usqu'alors inconnue, « les artisans du droit et de la iberté », a revendiqué, nardi, à Beyrouth, l'attenat.

LE PRÉSIDENT DES ÉTATS-UNIS VIENT D'ARRIVER!
UNE MINUTE! JE CHERCHE UN SUJET DE CONVERSATION!
Le Monde
PLANTU

Index

A

B

C

D

E

F

G

H

I

J

K

L

CET OUVRAGE A ÉTÉ REPRODUIT
ET ACHEVÉ D'IMPRIMER
EN JANVIER 1987
PAR L'IMPRIMERIE CARLO DESCAMPS
À CONDÉ-SUR-L'ESCAUT (NORD)
NUMÉRO D'IMPRIMEUR : 4472
DÉPÔT LÉGAL : JANVIER 1987

21 000 À 25 000 EXEMPLAIRES

ISBN 2-7071-1653-X